작은먼지

글·그림 유하린

작은먼지

좋은땅

작가의 말

2019년, 10살 무렵 저는 몸과 마음이 까만 덩어리에 뒤덮인 것 같았습니다. 그러다 우연히 읽게 된 톤텔레헨 작가님의 『고슴도치의 소원』이라는 책을 통해 위로를 받았고, '나도 이런 글을 쓸 수 있을까?'라는 생각으로 『작은먼지』를 쓰기 시작했습니다. 지금의 저에게 가장 중요한 것 중 하나인 "글쓰기"가 시작된 것이죠.

머리에서 손으로 글자 한 글자 한 글자가 옮겨져 갔고, 까만 덩어리도 조금씩 조금씩 녹아내렸습니다. 처음에는 취미로 시작했던 것이 이렇게까지 올 수 있음이 그저 놀라울 따름입니다.

책의 주인공이 처음부터 '먼지'였던 것은 아니었습니다. 처음에는 사람이었고, 그저 내 이야기를 글로 푼 것이었지만, 나중에는 책 출판을 목표로 하게 되면서 생각이 조금 바뀌게 되었습니다. 저는 책에 메시지를 담고 싶었습니다.

그리하여 책의 주인공이 "작은먼지"로 바뀌게 되었습니다.

작은먼지는 참 보잘것없고 세상에 셀 수 없이 많이 존재합니다. 작은먼지 말고 다른 등장인물도 마찬가지지요.

그러나, 저는 여러분이 이런 보잘것없는 것들에 귀를 기울이고 시선을 주었으면 좋겠습니다. 먼지 하나가 있어도 눈이 가고, 괜히 우산에 매달린 빗방울을 물웅덩이에 떨어뜨려 주고, 스쳐 가는 바람들에 귀를 기울이고, 눈 한 송이도 손에 받아 보고, 돌덩이를 괜히 화단에 옮겨 주고, 구름을 보면 마음에 담아두는, 그런 여러분이 되면 좋겠습니다.

저는 사람들을 위로하는 작가가 되고 싶습니다. 여러분이 제 책을 읽고 사소한 것들을 신경쓰게 되면 좋겠고, 제 책으로 여러분의 까만 덩어리도 조금 없어지면 더욱 좋겠지요. 그래서 작은먼지의 흑백이었던 세상이 다채로운 세상으로 바뀌었듯이, 여러분의 세상도 그렇게 바뀌면 좋겠습니다.

CONTETS

또 다른 생명들의 이야기

작은먼지
이야기

1.
작은먼지

　작은먼지는 눈을 떴다. 정확히는 그러고 싶었다. 또한 뜨고 싶지 않다는 생각도 있었다. 물론, 작은먼지의 생각이 어떤 쪽이든, 어느 쪽에 가깝든 눈은 잘 떠지지 않았다.

　일어나서는 벽 쪽에 몸을 기댔다. 피곤했다. 아침 햇살이 따스하게 들어서고 있었다. 작은먼지는 부스스한 뒷머리를 조금 다듬었다. 그러고는 우유를 한 잔 따르고는 다 데워지기를 기다렸다.

　우유가 다 데워지자 마침 아침으로 먹을 빵도 모두 준비가 된 상태였다. 퍼석퍼석한 식감의 빵을 억지로 삼켰다. 맛이 없는 건 아니었지만, 그렇다고 딱히 맛이 있지도 않았다.

　하지만 적어도 작은먼지는 지금 배가 고팠으므로, 달갑지 않은 허기를 채우기 위해서라도 먹어야 했다. 작은먼지는 한참을 먹다가, 작은 빵 한 조각쯤만 남았을 시점에야 자신이 우유에는 입도 대지 않았다는 것을 깨달았다.

우유는 데웠던 것이 무색하게 시간이 지나며 차갑게 식어 버렸다.

'식었네.'

그래, 식었어.

모든 것이 같았다. 어제와 같은 메뉴, 어제와 같은 풍경 같은 걸 말하는 게 아니었다. 이제 작은먼지는 자신이 언제 이 집에 처음 왔는지, 어쩌다 왔는지 같은 것들은 잊게 되었다. 그냥 언제부턴가 여기에서 살고 있었다. 예전이 기억나지 않았다. 자신이 기억나지 않았다.

2.
적응하는 방법

작은먼지는 가끔 과거가 기억나지 않아서 깊은 생각에 빠지는 것 말고는 아주 잘 적응하고 있었다.

역시, 모든 것에 적응할 수는 있는 거구나.

'…근데 내가 여기 오기 전에는 뭐 하고 지냈지? 처음에는 어색해했던가?'

또다시 생각에 빠지기 직전, 작은먼지는 고개를 몇 번 휘저으며 생각을 털어 냈다.

'깊은 생각은 어제로 됐어.'

작은먼지는 자신이 이곳에 온 지 너무 오래되었다고 생각했다. 날짜도, 요일도, 오늘이 언제인지도 생각이 나지 않았다.

눈이 떠지면 아침을 먹고, 해가 져서 피곤해지면 잠에 들었다. 하루 종일 한 것도 없는데 피곤하기만 했다.

'…아니, 내가 여기에 오기 전에 날짜를 알았었나?'

'그나저나 요일이란 게 있었던가?'

작은먼지는 재차 머리를 가볍게 흔들었다. 그러나 이번에는 생각을 끊어 낼 수가 없었다.

'나는 어디로 갔지?'

마지막 질문이었다. 창밖에서 차가운 바람이 들어왔다. 대답은 없었다.

"으음."

작은먼지는 읽고 있던 책을 덮고 천천히 자리에서 일어났다. 그 두 글자는 책에 대한 설명이었다. 확실히 한 번 읽은 걸로도 모자라서 몇 번씩이나 읽었으니 질릴 만도 했다.

작은먼지는 눈이 무거웠다. 왜인지는 모르겠다. 조금 피곤하기는 했지만 졸리지는 않았고, 잠을 자고 싶다는 생각도, 그럴 의욕도 없었다. 작은먼지에겐 지금 잠을 자기 위해 침대로 가는 것조차도 귀찮은 일이었다.

그는 괜히 손을 쭉 펴 보았다. 사람으로 친다면 왼쪽 네 번째 손가락쯤에 자리 잡고 있는 꽤 깊은 상처가 보였다. 다행히도 시간이 많이 지난 탓인지 피는 멈춰서 굳어 있었다.

'시간'이 지나면 낫게 되고,

'시간'이 지나면 적응하게 된다.

작은먼지는 그래서 그저 모든 걸 시간에게 맡겼다.

3.
첫 번째 겨울

오전부터 내리고 있던 비는 이제 포슬포슬한 함박눈으로 변해서 내리고 있었다. 창문과 문을 꼭꼭 닫았는데도 추위는 없앨 수가 없었다. 작은먼지는 가지고 있는 유일한 얇은 담요를 더 위까지 끌어올렸다.

'춥다….'

올해 첫 번째 겨울이니만큼 작은먼지는 지금이 더욱더 춥게 느껴졌다. 작은먼지는 혹시 창문이 열려 있는 건 아닌가 하고 확인해 보았지만, 틈 하나 없이 완벽히 닫혀 있는 창문에 그저 담요를 조금 더 위까지 끌어올릴 뿐이었다.

작은먼지는 이제 정말 겨울이라는 생각이 들었다. 작은먼지는 창에 몸을 기대고, 고개를 조금 돌려 창밖을 바라보았다. 안개가 잔뜩 껴서인지 날씨가 매우 흐렸다. 작은먼지는 눈이 내리고 있다는 것 빼고는 아무것도 알 수가 없었다. 바로 앞만 해도 안개와 휘날리는 눈송이들로 인해서 아무것도 보이지 않았기 때문이었다.

작은먼지는 눈을 감았다. 힘들었다. 물론, 작은먼지는 오늘 한 게 없었다. 평소처럼 의무적인 식사, 휴식을 반복했다. 그렇지만, 작은먼지는 피곤했다.

작은먼지는 자신이 왜 이러는지 몰랐다.

그저 작은먼지는 피곤했고, 그래서 작은먼지는 생각을 끊어 냈다.

4.
혼자밖에 없다는 건

춥디추운 겨울날이지만 이렇게 추위를 느끼는 것도 나쁘지 않겠다고 생각한 작은먼지는 창문을 열어 놓았다. 눈이 계속 내렸다. 종종 작은먼지에게로 눈이 몇 송이 떨어져 내렸다.

작은먼지는 읽고 있던 책을 덮고는 문을 살짝 닫았다. 밝은 햇빛이 보여 눈을 찌푸렸다. 추위가 무색하게도 해는 밝았다. 작은먼지는 창문 밖의 풍경을 찬찬히 보며 되뇌었다.

'나무, 꽃, 해, 구름, 잔디.'

그래서 나는 뭐지.

"너는 뭐지. 나는 뭐지."

대답은 없었다.

나는 작은먼지야. 저택의 창문에서 사는 작은먼지. 나는 작디작은 먼지라서 작은먼지야. 나는 외출을 그다지 좋아하지는 않아….

이건 작은먼지가 맞았다. 하지만 작은먼지가 물어본 '나는 뭐지'라는 질문은 이런 게 아니었다.

나는 뭐지. 나는, 나는….

5.

하루

작은먼지는 아침에 쌀쌀한 추위로 인해 눈을 떴다. 찌뿌둥한 몸을 뒤척이다 일으켰다. 목도리를 대충 둘러쓴 작은먼지는 문을 열고 나서자마자 어젯밤에 내린 비로 인해 온 세상이 젖어 있음을 느낄 수 있었다.

작은먼지가 지나가는 곳마다 하나, 하나 발자국이 남았다. 작은먼지는 잠시 걸음을 멈추고 하늘을 바라보았다. 구름이 껴 있어서 어제만큼 밝지는 않았지만 나름 괜찮은 날씨였다.

작은먼지는 자신조차도 외출을 그다지 좋아하지 않는다고 여겼지만, 사실 외출을 꽤 좋아한다는 것을 아직 모르는 듯했다.

"…괜찮아도, 최고 옆에 있으면 묻히는 거지 뭐…."

날씨도 그렇고, 다른 것들도 그렇고. 작은먼지가 조그마한 소리로 웅얼거리며 덧붙였다.

작은먼지는 그렇게 정원을 조금 더 거닐다가 집안으로 들어
왔다. 아침은 건너뛰기로 했다. 배가 고프지도 않았다. 그만하
고 싶었다.

왜, 왜? 왜 그만하고 싶은 건데?

그러게.

좋아하는 게 없니?

아니, 난 좋아하는 것도 많아.

그럼, 하고 싶은 게 없니?

아니, 하고 싶은 것도, 해야 하는 것도 많지.

그럼, 괴롭니?

아니, 오히려 평화로운 쪽이야.

그럼, 왜 그만두고 싶니?

내가 어떤 걸 그만두고 싶은지 아니?

아니, 뭘 그만두고 싶은데?

나도 모르겠어.

새는 지저귀고, 나무는 눈으로 덮여 있었다.

평화롭고 평화로운 한겨울의 아침이었다.

6.
현실을 봐야겠지

　작은먼지는 망상을 좋아했다.

　이 세상, 현실에서 벗어나서 자신의 세계에 있는 것을 좋아했다. 그러나 작은먼지의 세계에서조차 그는 주인공이 되지 못했다.

　작은먼지는 상상 속에서 갇혀 살았다.

　작은먼지의 망상은 넓디넓은, 작은먼지밖에 존재하지 않는 넓은 대저택 같았다. 그곳은 작은먼지가 마음대로 꾸며 갈 수 있는 곳 같았다.

　그곳의 문은 잠겨 있었다.

　그 문을 열 수 있는 열쇠는 작은먼지의 손에 쥐어져 있었다.

　작은먼지는 열쇠를 쥐고도 시선을 돌렸다.

　자의로 자신을 망상의 세계 속에 가두고 현실을 도피했다.

현실에서보다 그 안의 넓은 감옥이 더 행복했기에.

'난 행복했을까, 그때.'

작은먼지가 생각했다.

'아니.'

작은먼지는 행복하지 않았다.

망상 속 시간에서는 행복했다.

하지만 눈을 뜨면, 어쩔 수 없이 눈을 떠야 하는 시간이 왔을 때, 그때 눈을 뜨게 되면, 자신의 세계와 현실의 거리감 때문에, 망상 속에서 찾아온 행복보다 거리감으로 인해 몇 배는 더 큰 우울감이 찾아오기에, 작은먼지는 현실을 직시했다.

결과는 그리 좋지 않았다.

그때 받았어야 하는 우울을 여러 날에 걸쳐 하루, 하루 받고 있는 듯했으니까.

작은먼지는 현실에게 집어삼켜졌다.

망상, 상상은 괴물이 아니었다.

작은먼지, 자신도 괴물이 아니었다.

괴물이 되어 버린 것은 이 세상이었고, 현실이었다.

7.
작은먼지가 사는 곳

늘 그렇듯 작은먼지는 평화롭고 무의미한 세상을 살아가고 있었다. 아마 누구든지 한번 여기에 와 본다면, '내가 적어도 작은먼지보다는 잘 살 수 있을 텐데'라는 생각이 무의식적으로 들 만큼, 이곳은 아주 좋고, 아름다운 곳이었다.

2층으로 구성되어 있는 이 저택은, 1층에는 정문과 거실, 부엌, 2층에는 침실로 이루어져 있었다.

물론, 작은먼지에게는 계단이 너무 컸고, 부엌의 식탁이나 조리기구 또한 너무 컸기에 그중 아무것도 쓰지 못했다. 그저 '작은먼지의 책상'으로 만들어진 작디작은 책상을 사용했고, 1층 왼쪽 두 번째 창틀에서 살아갔다.

그래서 작은먼지가 사는 곳에는 늘 햇빛이나 달빛이 비춰져 있었으며, 창문을 열면 새소리가 들리는 곳이었다. 그곳에서 작

은먼지는 '무의미한' 삶을 살고 있었다. 작은먼지는 혼자였고,
더 이상 여기서 즐거움을 찾지 못했기 때문이다.

8.
세상이란, 눈밭이란

작은먼지는 이 세상은 아무 색도 가지고 있지 않다고 생각했다. 그리고 지금, 작은먼지는 그저 자신이 흑백이라고 정정했다. 그래 봤자 작은먼지에게 이 세상이 흑백이라는 사실은 변하지 않았지만, 작은먼지에게 이 이야기의 의미는 생각보다 큰 것이었다.

작은먼지는 예전보다도 안정된 삶을 살고 있다고 느꼈다. 여전히 하고 싶은 것도, 해야 할 것도 많았고, 평화롭고, 그럼에도 모든 걸 그만두고도 싶었지만. 뭐, 그래도 예전보다는 안정되었다고, 작은먼지는 생각했다.

작은먼지가 말한 '예전'이라고 하는 것은 작은먼지가 기억하기에 가장 옛날이지, 딱히 그렇게 오래되고 먼지가 쌓인 기억은 아니었다. 그때의 작은먼지는 자기혐오, 자학 등이 뭉쳐져 있는 감정덩어리와 비슷한 삶을 살아와서, 지금은 아주 평화롭게 느껴졌다.

작은먼지는 늘 의무적으로 식사를 한 후, 그저 창밖이나 바라보며 시간을 때웠다. 늦게 잠이 들고, 일찍 일어나고. 지금도 작은먼지는 '무의미함'을 느꼈지만, 그때는 자신에게 '한심함'을 느꼈었다.

작은먼지는 이만 생각을 끊어 냈다. 이제는 밖에 눈이 내리기 시작했다. 작은먼지는 바라보았다. 작은먼지는 눈이 녹는대도 지금과 같이 '바라볼 것이다'. 작은먼지는 자신이 지금 밖에 나가서, 눈사람을 만들든, 눈 위를 걸어 다니든, 모두가 결국엔 녹아 없어질 것을 알기에—작은먼지는 그저 직감적으로 깨달았을 뿐이라고 생각하겠지만, 사실 작은먼지는 예전부터 경험을 차곡차곡 쌓아서 깨달은 것이었다.—그저 눈이 녹아내릴 때도 내버려 둘 수 있었다. 바깥에서 뭔가를 하질 않았으니, 녹아내릴 때 아쉬움도 없는 것이다.

'아플 테니까.'

'내가 열심히 했는데도 녹아내리면 아플 테니까.'

그래서 작은먼지는 아무것도 하지 않았다. 그게 작은먼지가 사는 방법이었다.

작은먼지는 처음부터 그랬다고 생각했다. 그렇게 살아왔다는 건 확실하지 않았지만, 앞으로도 작은먼지가 그렇게 살 것이라는 것만큼은 확실한 사실이었다.

9.
과거

작은먼지는 누구나 그랬듯 그저 '언젠가부터' 여기 살고 있었다고 하기에는 너무나 많은 과거를 가지고 있었다.

작은먼지는, 어느 작은 곳에서 살고 있었다. 그곳은 집이라고 하기엔 반쯤 허물어져 있었고, 그럼에도 엄청나게 많은 먼지들—그 지역의 모든 먼지가 거기 모였다고 해도 믿을 수 있을 만큼—이 모여 있었다. 작은먼지는 외부인이었다. 아무리 작은먼지가 어떻든 그들에겐 작은먼지가 '외부인'이었던 것이다. 그리하여 작은먼지로 인한 싸움이 일어나게 되었다.

"작은먼지를 내보내야 한다.", "내보내면 안 된다."

그래서 작은먼지는 아무에게도 말을 걸지 않고, 이렇게 싸움을 일으키는 자신에게 한심함을 느끼고 더 이상 살 이유도 느끼지 못했다. 이건 '무의미함'이 아니었다. 그보다 더 심한 것이었다. 물론, 작은먼지는 사는 게 싫었지만, 죽는 건 무서웠다.

그에게 어느 날 누군가가 나타난 것이다. 누군가라고밖에 할 수 없는. 그런 한 먼지가 나타난 것이다. 그는 말했다.

"살고 싶어?"

"아니, 괜찮아."

"두려워?"

"…응."

"네가 떠나면, 모든 것이 해결될 거 같은데, 적어도 나는."

"아니, 내가 떠난다고 해도, 싸움은 멈추지 않을 거야. 그리고 누군데 나한테-"

작은먼지가 말을 채 끝마치기도 전에 누군가가 천천히 고개를 들어 올렸다.

"나야, 작은먼지."

작은먼지는 떠날 수밖에 없었다.

작은먼지가 자신에게 그렇게 속삭이고 있었으므로.

10.
시간과 외로움

    작은먼지는 그렇게 길고 긴 시간을 이 저택에서 보내왔다. 이곳에서 처음에는 극심한 외로움을 느꼈다. 그러나 곧 작은먼지는 나았다. 나았다고 할 수 있을 만큼, 작은먼지는 외로움을 느끼지 않았다. 하지만, 작은먼지는 변함없이 혼자였다.

    작은먼지는 그저 오랜 시간을 이곳에서 살아왔다. 이게 작은먼지가 혼자인데도 외롭지 않은 법이었다. 작은먼지를 그렇게 만들어 준 것은, 그저 다름 아닌 시간이었던 것이다.

    작은먼지의 말처럼, 시간이 지나면 적응하게 되고, 시간이 지나면 낫게 된다. 작은먼지는 사실 외로움이 나은 게 아니라 외로움에 적응한 것에 가까웠다. 물론, 작은먼지가 어떻든, 작은먼지는 시간으로 인해 외로움이 덜해졌고, 이 저택에서 적응도 했다.

'시간'으로 인해서 말이다.

그렇게 작은먼지는 모든 걸 포기하게 되었다. 이 또한 시간이 지나면서 깨닫게 된 것이다. 작은먼지가 무엇을 얼마나 열심히 하든지 모든 게 수포로 돌아갈 날은 언제가 되든지 결국 오고야 말 거라고.

그래서 작은먼지는 노력하지 않는 것이다.

작은먼지는 알고 있었다. 그것이 모두가 아는 사실이라도 작은먼지만이 그것을 실천할 수 있었다.

작은먼지는 자신이 너무 오래되었다고 생각했다. 그래서 작은먼지는 모든 것을 포기할 수 있었다.

11.
눈이 녹는 날

작은먼지는 일찍 몸을 일으켰다. 온몸이 찌뿌둥하긴 했지만 하루 이틀이 아니었으므로 작은먼지는 그저 눈을 천천히 감았다가 천천히 떴다 했다. 작은먼지는 조금 일찍 밥을 먹기로 했다. 가루로 되어 있는 스프에 물을 타고, 그 안에 치즈를 넣은 후 휘휘 저었다. 치즈가 녹아내림과 동시에 스프와 치즈의 향이 풍겨 왔다. 하지만, 작은먼지는 그다지 식욕이 없었고, 최대한 빨리 식사를 끝낸 후에 익숙한 듯 창틀에 자리를 잡고 창밖을 내다보았다.

햇빛이 쨍쨍했다. 눈은 녹아내리고 있었다. 녹고 있는 눈 사이에 작은먼지의 흔적이란 없었다. 그래도 이제 겨울이 끝났다니 살짝 아쉽기도 했다. 작은먼지는 눈이 녹아내리면 이젠 저기에 풀이 자라날 것이라는 것을 알고 있었다. 꽃이 필 거고, 열매를 맺을 거고. 결국엔 모두 떨어지고, 또 눈이 내리겠지. 그리고 그 끝엔 그 눈조차 녹아 버리겠지, 지금처럼. 작은먼지는 생각했다.

'아, 봄이다.'

해가 내리쬐는 화창한 봄의 아침이었다. 그리고 겨울이 끝을 거부하려 몸부림치는 날의 새벽이었다. 조금은 축축한 날이었다. 기분은 좋지 않았지만 싫지도 않았다. 그저 그런 날이었고, 그저 그런 하루였다. 꼭 날씨 때문이 아니더라도 작은먼지는 이랬을 것이다, 작은먼지도 알고 있었다. 작은먼지는 늘, 의미 없는, 그저 그런 삶을 살아왔으니, 이번에도 그럴 것이다.

그리고 앞으로도 그러겠지.

12.
꽃의 계절은 봄이 아니다

봄 하면 '꽃'이라고 하긴 하지만 작은먼지는 딱히 그렇게 생각하지 않았다. 물론 아무도 이해하지 못할 것이다. 작은먼지는 꽃을 본 적이 없는 게 아니었다. 작은먼지의 마당에는 늘 꽃이 널려 있었으니. 작은먼지도 그 꽃들이 늘 봄에 핀다는 것쯤은 알고 있었다. 작은먼지는 그저, 겨울에 피는 꽃들이 더 아름다워 보였을 뿐이다.

겨울이란 작은먼지에게 잘 맞는 계절이었다. 작은먼지는 겨울과 아주 비슷할뿐더러, 추위를 느끼는 것을 좋아했으니까. 그러나 이건 절대로 작은먼지가 봄을 싫어한다는 말이 될 수는 없었다. 작은먼지는 겨울을 더 좋아하는 것일 뿐, 봄을 싫어하는 것은 아니었다.

그래서 지금 작은먼지는, 창밖을 내다보고 있었다. 창밖의 세상은 찬란하게 빛이 났다. 예쁜 꽃들, 팔랑이는 나비, 그리고 따스한 햇빛.

그러나 작은먼지가 있는 저택은 마치 흑백인 것 같았다. 그래서 창밖을 보고 있는 작은먼지의 입가에는 웃음이 서려 있지 않았다. 작은먼지는 아마도 밖의 세상도 흑백사진 보듯 보고 있을 듯했다.

'이렇게 봄이 찾아왔구나.'

작은먼지는 그저 모든 게 아쉽기만 했다. 더 이상 내리지 않을 눈, 따스하기만 할 바람, 그리고 지금 이 햇빛까지. 모든 게 아쉬웠다. 겨울을 보내야 한다는 것 자체가 아쉬웠다.

작은먼지는 이별에게 "그래, 안녕."이라고 말할 수 있는 존재가 아니었다. 왜냐하면, 이유는 없었다. 작은먼지는 작은먼지였고, 작은먼지는 그런 존재였기 때문이다.

그렇게 작은먼지는 또 다른 계절을 맞이했다.

'…봄도 나쁘지 않은 것 같아.'

작은먼지는 창밖에서 눈처럼 흩날리는 꽃잎들을 보며 생각했다. 벚꽃이 내렸다. 아름답게, 내렸다고밖에 할 수 없을 정도로 흩날렸다. 작은먼지는 그 광경을 바라보았다. 저택의 마당은 벚꽃으로 거의 덮여 있어서, 잔디가 보이지 않을 지경이었다. 작은먼지는 벚꽃이 내릴 정도면 거의 봄이 끝나고 있다는 것을 알고 있었다.

작은먼지가 봄을 그냥 그저 그렇게 생각했다면, 여름은 거의 자기 자신만큼이나 별로로 생각했다. 왜냐하면, 더위와 장마를 만날 때면, 그리 유쾌한 기분은 들지 않았기 때문이다. 작은먼지는 봄을 보낸다는 데에 아쉬움을 느꼈다. 그렇게 봄은 끝났다, 겨울이 끝난 것처럼. 모든 것은 결국 끝나겠지.

13.
해가 더욱 빛날 때

해가 더욱 빛나기 시작할 때면, 날도 점점 더워지기 시작한다. 작은먼지는 그게 여름의 시작이라는 것을 알고 있었다. 작은먼지는 지금을 그나마 좋아했기에, 그저 즐기기로 했다. 적어도 지금은 비는 내리지 않았으니까.

작은먼지는 무료한 시간을 보내고 있었다. 창밖을 보니, 백합 하나가 고고하게 자리 잡고 있었다. 작은먼지가 가장 좋아하는 꽃, 백합이었다. 새하얀 색의 백합을 작은먼지는 뚫어지게 바라보았다. 가끔 이럴 때면 여름도 나쁘지 않겠다는 생각이 드는 것이다.

작은먼지는 주섬주섬 신발에 발을 구겨 넣었다. 작은먼지는 밖으로 문을 열고 나섰다. 마당 한가운데로 천천히 걸었다. 아무리 작은 꽃이더라도 작은먼지가 몇 배로 작았기에, 백합도 작은먼지보다 훨씬 컸다. 작은먼지는 바라보았다. 그저, 바라보았다.

　작은먼지는 용기는 없었지만, 노력도 없었지만, 바라볼 줄은 알았다. 작은먼지는, 그래서 그저 바라보았다. 구름이 해를 가리면서 갑자기 어두워졌다. 작은먼지는 이제 들어가야겠다고 생각하고 걸음을 옮겼다.

　'나와 보길 잘했어.'

　작은먼지가 신발에 묻은 먼지를 떨어트리며 생각했다. 그렇게 생각한 작은먼지의 입가에는, 작은 미소가 걸려 있었다.

14.
여름날의 장마

기분 나쁜 습함이다, 작은먼지는 생각했다. 축축한 장마가 왔다. 작은먼지는 식사를 마친 후 평소같이 밖을 바라보았다. 가끔씩 창밖의 찬란한 세상과 자신이 비교되어서 우울해지기도 했지만, 그래도 가장 좋은 시간 때우기 방법이었다.

그래서 작은먼지는, 거의 창밖을 바라보는 것을 하루 일과 중 하나, 꼭 해야 하는 것처럼 느끼기도 했다. 작은먼지는 오늘도 창밖을 바라보았다. 오늘따라 밖은 흐렸다. 안개로 뒤덮이고, 창문엔 빗방울이 맺혀 있었다.

작은먼지는 우비를 꺼내 입었다. 그리고 장화를 신었다. 작은먼지는 현관에 와서 문 앞에 있는 우산꽂이에서 우산 하나를 집어 들고 나갔다. 밖에 나오자, 빗방울 하나가 작은먼지에게 떨어졌다. 작은먼지는 느릿느릿하게 우산을 폈다. 여러 개의 빗방울들이 타닥타닥 소리를 내며 부딪혔다. 작은먼지는 우산 끝에 맺힌 물방울 하나를 보았다.

"안녕, 작은먼지야! 나는 물방울이야. 정확히 말하자면, 나는 빗방울이야!"

"…그래, 안녕. 빗방울아. 근데 너 곧 떨어질 것 같아."

"아, 벌써? 어떻게, 어떻게 해야 하지?"

"저기, 빗방울아. 저쪽에 있는 물웅덩이에 들어가는 건 어떠니?"

"오, 좋아. 작은먼지야. 최대한 빠르게 저쪽으로 가 줄 수 있겠니? 물론 내가 떨어지지 않을 선에서!—빗방울이 재빨리 덧붙였다.—"

"어렵지 않을 것 같아."

그렇게 빗방울이 떨어질 때쯤에는 작은먼지가 이미 물웅덩이 가까이에 있었고, 빗방울은 안전히 물웅덩이에 파동을 일으키며 점차, 사라졌다.

작은먼지가 작고 조심스러운 목소리로 물었다.

"빗방울아, 거기 있니?"

"그래! 나 여기 있어!"

"그렇구나, 다행이다. 빗방울아."

"작은먼지야, 난 이제 빗방울이 아니라, '물웅덩이'야!"

"물웅덩이?"

"그래, 나는 물웅덩이야! 넌 작은먼지잖아, 작디작은 먼지, 작은먼지."

"맞아. 물웅덩이야."

"작은먼지야, 무지개야."

"비가 그쳤네."

둘은 그렇게 몇 마디를 더 나누었다. 작은먼지는 해가 뉘엿뉘엿해지자 이만 가야 할 시간이라고 물웅덩이에게 말하려 했다.

"물웅덩이야, 나 이만 가 봐야 할 것 같아."

"그래, 작은먼지야. 근데 그러기 전에, 내 얘기 좀 들어 줄래?"

"그래, 얼마든지."

작은먼지는 조금 지루해졌지만, 그것을 최대한 티 내지 않으려 애쓰며 말했다.

"있잖아, 작은먼지야, 나는 내일이면 없을 거야."

"응."

"내 말은, 내가 죽지는 않지만…. 이 저택에는 더 이상 내가 없을 거야."

"…응."

"그래, 맞아. 근데 너는 내일이 있잖아?"

"그렇지."

"그러니까, 그냥… 잘 살라고. 아까 보니까 너는, 삶을 무의미하게 사는 것 같길래. 해 보는 소리야."

"고마워, 물웅덩이야."

"…."

"…."

작은먼지와 물웅덩이는 한참을 입을 떼지 못했다. 그들 사이에는 침묵만이 자리 잡고 있었다. 몇 분이 지났을까, 해의 공연도 거의 다 끝나가고 있었다.

"작은먼지야, 내 생각에는 이제 진짜로 네가 가야 할 시간인 것 같은데."

"아, 그렇구나. 알려 줘서 고마워, 물웅덩이야."

"뭘 이런 걸로. 그럼 이만 가 봐. 작은먼지야."

"…그래, 이만 가 봐야겠다."

"안녕, 작은먼지야!"

"…안녕, 물웅덩이야."

작은먼지의 인사를 끝으로 그들 사이에는 더 이상 아무런 말도 오가지 않았다.

15.
나뭇잎에 색이 물들 때

나뭇잎에 색이 물들기 시작할 때, 날씨가 조금 쌀쌀해지기 시작할 때 작은먼지는 집에서 창밖을 바라보고 있었다. 작은먼지는 가끔 자의적으로 스스로를 고립시킬 때가 있었다. 작은먼지는 그렇게, 거의 모든 시간을 집에서 보냈다. 지금도 다를 바가 없었다.

작은먼지는 창틀에 앉아서 멍하니 창밖을 바라보았다. 작은먼지는 이 모든 게 꿈처럼 느껴졌다. 지금이 기쁜 건 아니었는데, 그저 아무런 감각도 느껴지지 않을 것 같은 기분이 든 것이다. 물론 느껴질 것 '같은'인 이유는, 작은먼지는 스스로 그것을 시도해 볼 만큼 용기 있는 존재가 아니었기 때문이었다.

작은먼지는 나무를 바라보았다.─사실 작은먼지는 딱히 뭘 보는 건 아니었는데, 그저 시선이 나무에 가까웠다는 게 더 정확할 것이다.─나무에는 아직 초록잎을 벗어나지 못한 것들도, 이제는 완전히 가을처럼 색을 입은 것들도 많았다. 각각 노란 색, 빨간색, 갈색, 주황색의 색채를 빛내는 것이 작은먼지와는 완전히 다른 세상에 있는 것 같았다. 작은먼지는 괜히 기분이 상해서 시야를 돌렸다.

하지만 작은먼지가 얼마나, 어느 정도로 시야를 돌리든 늘 화려한 색채가 작은먼지의 시야에 들어 있었다. 그래서 작은먼지는, 차라리 창틀에 몸을 더 누이고 눈을 감는 방법을 택했다.

어둠이었다. 이제 작은먼지의 시야에는 캄캄한 어둠만이 존재하고 있었다. 작은먼지는 이게 '작은먼지'답다고, 이게 '작은먼지의 세상'답다고 생각했다.

그렇게 작은먼지는 늦여름에, 해가 질 때까지 그저 눈을 감고 기다리고 있었다. 작은먼지는 조금 어두워진 것을 느끼고 창밖을 다시 바라보았다. 작은먼지가 바라본 다른 세상에서는 결국은 해가 지고 있었다. 작은먼지는 해가 완전히 지자, 이제는 더 이상 아름다운 색채가 보이지 않는다는 걸 깨달았다.

작은먼지는 이제야 조금 자신답다고 생각했다.

16.
축축한 가을

아직 여름의 습기가 채 가시지도 않은 어느 날, 가을이 찾아왔다. 이제는 정말 가을이었다, 나뭇잎은 하나둘 떨어지기 시작했고, 해는 조금씩 더 짧아지기 시작했다. 작은먼지는 가을을 꽤나 마음에 들어 했는데, 특히 해가 빨리 진다는 부분이 가장 마음에 들었다. 작은먼지는 이제 창밖의 세상이 조금 더 짧아진다는 것에 작은 만족감을 느꼈다.

작은먼지는 확실히 차가워진 유리창에 몸을 기댔다. 작은먼지는 밖이 아직 밝은 것은 아쉬웠지만, 그래도 나름대로 시원해졌으니 만족하기로 했다. 작은먼지는 원래 추위는 잘 타지 않았으나, 더위는 잘 타기 때문이었다. 그래서 작은먼지는 이 가을이 점점 더 마음에 들기 시작했다.

작은먼지는 창문에 맺혀 있는 빗방울이 하나하나 흘러내리는 것을 바라보았다. 작은먼지는 작은먼지와 비슷한 크기의 아주 작은 단풍잎 하나가 창에 붙어 있는 것을 발견하고는 조금은 형식적인 인사를 건넸다. 작은먼지는 인사를 건네면서도 왜 자신이 이러는지를 잘 이해하지 못했는데, 아마 작은먼지와 비슷한 삶을 살았을 듯한 단풍잎에 대한 한순간의 동정으로 인사를 건넸을 것이다.

"…안녕? 나뭇잎아. 나는 작은먼지야."

"그래, 안녕. 작은먼지야."

"너는 어떤 나뭇잎이니?"

"근데, 작은먼지야. 대답하기 전에, 나를 단풍이라고 불러 줄 수 있을까?"

"그럼, 물론이지. 단풍아."

"나는 수많은 잎 중 하나야. 그중에도 아주 작지. 나를 대체할 나뭇잎은 아주 많은 걸. 나는 몇만 개의 나뭇잎 중 최하위층에 있는 하나일 뿐이지."

작은먼지는 쉽게 위로의 말을 전할 수 없었다. 왜냐하면, 작은먼지는 위로받아 본 적이 없어서 무슨 말을 해야 할지도 몰랐고, 그리고 작은먼지는 지금도 그런 삶을 살고 있었기 때문이었다. 자신도 그렇게 살고 있는데, 남을 위로한다니. 참 우스운 소리

아닌가. 작은먼지는 그래서 위로의 말 대신 다른 말을 건넸다.

"나도 그래."

창문에 붙어 있던 그 작디작은 나뭇잎, 단풍은 눈가가 시큰해지는 것을 느꼈다. 누군가도 나와 같은 삶을 살고 있다는 것은 생각보다 단풍에게 큰 위로가 되어 주었다. 작은먼지는 그저 단풍을 바라보았다. 단풍은 그렇게 한참을 울먹거렸다. 작은먼지와 단풍은 해가 질 때까지 말을 나누었다. 작은먼지가 아마도 너는 이제 떨어질 것 같다고 말했을 때, 단풍이 마지막 말을 꺼냈다.

"작은먼지야, 오늘 고마웠어. 그리고… 네가 이상한 게 아니라, 세상이 이상해진 거야. 그래서 네가 이상한 것처럼 보인거지. 그러니까….."

단풍은 말을 끝마치지 못한 채로 떨어졌다.

단풍은 아직 말을 끝마치지 못했지만, 그래도 그 끝마치지 못한 말은 작은먼지에게 큰 위로가 되었다. 땅에 떨어진 단풍은 고통을 느끼며 미처 전하지 못한 마지막 말을 중얼대며 곱씹었다.

"넌 충분히 더 잘 살 수 있잖아, 나보다도 더."

이 말을 전하고 싶었는데, 단풍은 그 이후로 입을 열지는 않았다.

17.
추워지기 시작할 때

작은먼지는 단풍과의 만남 후, 꽤나 안정적이고 평온한 시간을 보내왔다. 작은먼지는 지금껏 자신이 뭘 원하는지조차 알 수 없었는데, 이제야 깨달은 기분이었다. 작은먼지는 위로를 원했다. 그래서 그 위로를 전한 존재가 생판 모르는 남이더라도, 작은먼지는 위로를 받았다.

작은먼지는 깨달았다. 작은먼지가 작은먼지의 세상을 어둡게, 흑백으로 만든 것이 아니었다. 세상은 원래 흑백이었고, 그 세상에 작은먼지가 들어왔을 뿐이었다. 그렇게 작은먼지는 자신의 인생이 완전히 바뀔 줄 알았다. 하지만 세상은 꽤나 냉혹했다. 작은먼지가 그 사실을 안다고 해도 바뀌는 것은 없었다. 세상은 여전히 흑백이었고, 작은먼지가 할 수 있는 최선의 시간 때우기는 창밖 내다보기였고, 여전히 작은먼지는 아름다운 색채들을 좋아하지 않았다.

그래도 작은먼지는 이제 겨울에 한 발자국 다가갔다는 것을 깨닫고는 조금 아쉬워했다.

'가을도 꽤나 좋은 계절인 것 같은데.'

작은먼지는 어떠한 것들에게 자신의 민낯을 보이는 경우가 거의 없었다. 물론, 어떠한 존재를 만난 적이 별로 없기도 했지만, 작은먼지는 자신에게도 민낯을 숨겼고 그게 너무 오래되어서 스스로도 자신을 기억하지 못하게 되었다.

…그래도 이제는 괜찮다, 작은먼지는 자신을 아는 법을 알게 되었고, 자신을 위로하는 법도 알았다. 작은먼지는 즐기는 법도, 슬퍼하는 법도, 남을 위로하는 법도 깨달았다. 이제 작은먼지의 일상은, 적어도 조금은, 아주 조금 정도는 즐거워질 것이고, 다채로워질 것이다. 작은먼지는 그렇게 확신할 수 있었다.

그래서 작은먼지는, 예전보다는 조금 더 느긋하게 겨울을 기다렸다.

18.
다시 눈이 내리는 날

작은먼지는 날씨가 가을과는 다르게 추워진 것을 느꼈다. 작은먼지는 이제 다시 겨울이 왔다는 것을 깨달았다. 막상 겨울이 다가오니 생각보다 그리 기쁘지는 않았지만, 적어도 작은먼지가 가장 좋아하는 계절이 겨울이라는 사실은 변함이 없었으므로, 작은먼지의 입가에는 서서히 미소가 걸렸다.

작은먼지는 창가에 걸려 있는 사다리를 타고 창가에서 내려왔다. 작은먼지는 아래쪽에 마련해 놓은 부엌으로 향했다.─부엌이라도 물을 끓일 수 있는 가스레인지와, 찬장밖에 없었지만, 작은먼지는 그것만으로도 만족했다.─작은먼지는 불을 켜고, 물을 끓였다.

작은먼지는 물이 끓자, 찻잔에 물을 따랐다. 작은먼지가 티백을 물 안에 넣자마자, 티백은 물 안에 아름다운 색과 향기를 펴

트렸다. 작은먼지는 설탕을 꽤나 많이 집어넣었다.

작은먼지는 찬장에서 종이와 펜을 하나 꺼내고는, 한참 동안 종이에 뭔가를 끄적거렸다. 작은먼지는 끄적거린 뭔가가 거의 완성되었을 쯤에야, 자신이 아직 차를 마시지 않았다는 것을 깨달았다. 작은먼지는 지금이라도 찻잔에 입을 댔다.

작은먼지의 생각과는 다르게 찻잔과 차는 아직도 온기를 품고 있었다. 작은먼지는 적당한 달달함에 기분이 좋아졌다. 작은먼지는 찻잔을 들고 자리를 옮겼다. 작은먼지가 잠시 앉아 있었던 식탁에는 종이 한 장만이 남아 있었다.

그 종이에는 작은먼지 자신의 그림과 함께 그림 밑에 몇 글자가 휘날리듯 적혀 있었다.

'작은먼지'

작은 먼지

19.
완연한 거울

'이제는 정말 겨울이네.'

작은먼지는 언제 따뜻했냐는 듯, 봄이라는 계절이 있기는 했냐는 듯 또다시 흩날리는 눈송이를 보며 생각했다. 작은먼지는 지금껏 자신이 겪었던 봄, 여름, 가을과 만났던 빗방울, 물웅덩이, 단풍들이 그저 아득히 먼 꿈속의 이야기처럼 여겨졌다.

작은먼지는 지금껏 자신이 겪었던 모든 것이 꿈이고, 사실 지금도 꿈인 건 아닐까 하고 무의식중에 생각했다. 하지만 곧 작은먼지는 자신이 그런 생각을 하고 있다는 것을 의식하고, 그 생각은 더 이상 하지 않았다. 작은먼지는 그저 자신이 그런 꿈 같은, 환상 같은 1년을 살았다는 것에 행복감이 차올랐다.

작은먼지는 자신이 생각해도 자신의 성격이 많이 변했다고 느꼈다. 작은먼지는, 원래 조금은 어둡고, 우울하고, 그저 그런 삶을 살고 있던, 그런 존재였는데. 이제 작은먼지는 비워 있던 퍼즐 한 조각을 끼워 맞춘 것처럼, 좋은 삶을 살고 있었다.

작은먼지는 밖에 나가서 조금 걸으려고, 문 앞에서 부츠를 신었다. 작은먼지는 문을 열고 나갔다.

"하아-"

작은먼지가 숨을 내쉬자 입김이 피어올랐다. 작은먼지는 이제 또다시 한 해가 마무리되고 있다는 것을 실감했다.

작은먼지는 하늘에서 내리는 눈 한 송이를 손으로 받았다. 작은먼지는 눈송이를 바라보았다. 눈송이가 작은먼지에게 말을 걸어 왔다.

"안녕, 작은먼지야."

"그래, 안녕. 눈송이야."

"나, 기억하니?"

"글쎄, 내 기억 속에 너는 없는 것 같은데."

"나잖아, 빗방울, 물웅덩이."

눈송이가 화사하게 웃으며 말했다. 겨울보다는 봄에 어울리는 웃음이었다. 그러나 작은먼지는 그저 물었다.

"그래, 이번에는 눈송이가 되었니?"

"응, 날씨가 좀 추워야지!"

작은먼지와 눈송이는 한참을 웃으며 이야기를 나눴다. 눈송이가 작은먼지에게 말했다.

"너 성격이 되게 밝아진 것 같아! 내 친구 작은먼지는 원래 이렇게 밝은 애는 아니었는데!"

작은먼지는 뭐라 말해야 할지 몰랐다. 그러고 보니 작은먼지는 이제 자신이 언제부터 밝아졌는지도 정확히 기억나지 않았다. 작은먼지는 그래서, 그저 웃으며 대답했다.

"글쎄, 내가 밝아졌나?"

20.
또다시, 따뜻해질 때

작은먼지는 며칠째 쌓여 있던 눈송이가 녹는 것을 보았다. 이제 아마도, 겨울은 끝인 것 같았다. 작은먼지는 아쉬움을 느꼈다. 지금 녹고 있는 저 수많은 눈송이 중 하나가, 바로 작은먼지의 친구였다. 작은먼지는 조금 울적해졌다.

그래서 작은먼지는, 창밖에서 고개를 돌렸다. 작은먼지는 고개를 완전히 돌리기 직전, 밝은 해를 발견하고는 해를 주시했다. 작은먼지는 지난 겨울과는 비교도 할 수 없을 만큼 밝게 빛나는 해를 보며 말했다.

"너는 겨울이 싫으니?"

작은먼지는 더 길어지고, 밝아진 해를 보며 그걸 찬란한 해의 대답으로 생각하기로 했다.

작은먼지는 새로운 봄날이 오면 또다시 일상이 반복될 것을 알았다. 작은먼지는 이제 1년을 마쳤다. 작은먼지는, 다른 기억들은 모두 잊더라도 올해 1년은 잊지 못할 거라고 장담할 수 있었다.

21.
마지막 봄날

　작은먼지는 아침 햇살로 인해 눈을 떴다. 작은먼지의 생각과 같게 해는 찬란히 빛나고 있었다. 작은먼지는 기분이 딱히 좋지 않았다. 왜냐하면 일어나자마자 보이는 창문 밖 세상에는 푸른빛의 잔디만 자리 잡고 있었기 때문이다. 작은먼지의 큰 창으로 따사로운 해가 내리쬐고 있었다. 작은먼지는 커다란 창을 열었다. 창으로 시원한 바람이 불어왔다. 작은먼지는 아직 시원한 바람을 맞으며 생각했다.

　'이 바람도, 여름이 된다면 더워지겠지.'

　작은먼지는 이 바람을 조금 더 즐기고 싶어져서 밖으로 나섰다. 작은먼지는 흙에 닿는 순간, 땅으로 가라앉는 것을 느꼈다. 작은먼지는 직감적으로, 자신이 흙으로 돌아갈 것이라는 걸 깨달았다. 허무하지는 않았다. 하지만 작은먼지는 자신이 지금껏 쌓아 온 모든 것이 무너진다는 것에 아쉬움을 느꼈다.

그래도 작은먼지는 그저, 눈을 감았다.

이젠 더 이상 작은먼지는 존재하지 않았다. 그리고 작은먼지가 존재하지 않음으로, 이 이야기도 끝을 맺는다.

돌멩이의 이야기

1

돌멩이는 매우 울적했다.

그는 길가에 나뒹구는 돌 중 하나였다.

그가 있는 길가는 가게와 식당 등이 많은 상점가여서 인적이 특히나 많은 편이었다.

그는 하루에도 몇 번씩이나, 발로 차이고, 밟히고, 가끔씩은 누군가에 의해서 내던져지기도 했다.

돌멩이는 자신이 사라지더라도 자신을 대체할 대체품은 셀 수 없이 많다는 것을 알았기에 그래도 묵묵히 참았다.

하지만, 오늘 돌멩이는 괜히 울적했다.

돌멩이는 안 그래도 요즘 힘들었는데, 오늘따라 더 많은 고통을 받으니 예전부터 쌓아 온 감정이 한 번에 터져 나오는 듯했다.

돌멩이는 눈물이 날 것 같았지만, 사실 눈물은 한 방울도 나지 않았다.

'짜증나.'

돌멩이가 속으로 생각했다.

그는 기분이 나빴다.

그는 자신이 이렇게 살아야 하는 것에 대한 필요성을 느끼지 못하였다.

그는 발을 쿵쿵거리거나, 소리를 지르거나, 입 밖으로 자신의 감정을 내뱉거나 해서 자신의 우울함, 짜증을 내보내고 싶었지만 그것들은 그렇게 쉽게 돌멩이의 몸속에서 빠져나오지 않았다.

돌멩이는 한참을 짜증내고, 화내고, 울기를 반복하다가 자신의 입속에서 약간의 피 맛이 나는 것을 느꼈다.

"진짜 다 짜증나…."

돌멩이는 우울했다.

돌멩이가 앉아 있는 땅으로 눈물 한 방울이 툭, 하고 떨어져 내렸다.

돌멩이는 자신의 상처들을 내려다보았다.

긁힌 상처, 발로 차인 상처, 밟힌 상처.

돌멩이는 자신이 이렇게 살아야 할 이유를 느끼지 못했다.

2

돌멩이는 조용히 읊조렸다.

"다 없어져 버렸으면 좋겠어….."

그렇게 말하는 돌멩이의 눈동자는 물기 어려 있었다.

그는 모든 게 짜증났다.

"왜 이렇게 살아야 하는지."

돌멩이는 습관처럼 중얼거렸다.

"돌아가고 싶어."

돌멩이의 말에는 주어가 정확하지 않았다.

그는 처음으로 돌아가고 싶은 걸지도, 그가 기억하는 '집'으로 돌아가고 싶은 걸지도 모른다.

돌멩이의 생각이 어떻든, 그는 기분이 좋지 않았다.

그는 친구관계 같은 건 어떻게 되어도 상관이 없다고 생각했다.

　그래서 친구 같은 게 없으면 오히려 편할 거라 생각했다.

　그런 생각 때문이었을까, 정신을 차리고 보니 이제는 그를 위로해 줄 수도, 그를 위해 뭐라고 해 줄 수도 있는 '친구'라는 존재가 그의 곁에 하나도 남아 있지 않았다.

　돌멩이는 자신이 너무도 비참하게 느껴졌다.

　돌멩이는 저 멀리서 사람의 형체가 보이자 몸을 웅크렸다.

　그는 팔로 몸을 감쌌다.

　돌멩이는 두려워졌다.

　돌멩이의 앞으로 다가오고 있는 사람의 표정이 별로 좋지 않았기 때문이었다.

　그 사람은 아니나 다를까, 돌멩이 앞에 다다랐을 때 그를 걷어찼다.

　돌멩이는 전봇대에 쿵 하는 소리를 내며 부딪혔다.

　그는 울고 싶었다.

　그러나 눈물은 나지 않았다.

　힘들었다.

　이럴 땐 누구든 나와서 한마디 해 줬으면 했다.

　그런 말이 듣고 싶었다.

"힘들었지?"

지금 돌멩이는 그 한마디면 충분할 것 같았다.

3

돌멩이는 화로 온몸이 뒤덮여 폭발할 것 같았다. 돌멩이는 지금 화와, 짜증과, 우울감이 온몸을 뒤덮는 것을 느꼈다.

돌멩이는 감정에 뒤덮여, 더 이상 제대로 된 사고를 하지 못했다.

돌멩이는 그렇더라도 도망칠 수 없었다.

이 길목을 벗어날 수가 없었다.

돌멩이는 그런 자신이 멍청이 같다고 생각했다.

그의 인생은 너무, 너무 비참했고, 돌멩이도 그것을 알고 있었다.

그래서 그저 아무 말 없이 땅을 내려다보며 눈물을 한 방울, 두 방울 떨어트렸다.

하염없이 훌쩍대고 있자니 돌멩이의 기분은 조금 나아졌다.

아무리 자신이 울든, 뭘 하든 세상은 바뀌지 않을 것이고, 내일도, 내일의 내일도 자신은 이 길목에서 있어야 했기에.

그래서 돌멩이는 감정을 다잡았다.

'내가 이런다고, 뭐가 변하겠어.'

돌멩이는 생각했다.

그렇게 생각하는 동시에, 이렇게 생각만 할 수밖에 없는 자신이 안타까웠다.

4

돌멩이는 길목을 벗어났다.

물론 그것은 그의 자의로 인해 일어난 일은 아니었다.

왜냐하면, 누군가가 그에게 다가와서, 그 길목을 벗어난 화단
에 놓아 주었기 때문이다.

돌멩이는 자신에게 갑작스럽게 다가온 행운의 이유를 알지
못했다.

한참을 생각하다가, 그는 다리를 쭉 펴고 일어나 보았다.

그리고 화단을 이리저리 거닐었다.

'잠깐, 내가, 내가 거닐었다고?'

이상했다, 분명 돌멩이는 자신이 원하는 대로 행동할 수 없었
던 존재였다.

그는 화단 아래로 뛰어내렸다.

뛰어내릴 수 있었다.

그는 전봇대로 달려갔다.

달려갈 수 있었다.

그가 생각했다.

생각한 대로 움직일 수 있었다.

그는 과거에 내일이든, 내일의 내일이든 변하는 게 없을 거라 말했던 자신을 한심히 여겼다.

바뀌는 건 있었다.

물론, 이건 한순간의 행운으로부터 일어난 일일지 모르겠지만, 그래도 그는 자유로워진 것이다.

그는 그 길목에서 그가 얼마나 있었는지 셀 수 없을 정도로 오랫동안 머물렀다.

이제, 그는 자유로웠다.

하지만, 이제 그는 무엇을 해야 할까?

그는 해야 하는 걸 알 수 없었다.

그래서 가장 가까이 있는 벽면에 주저앉아 해가 지는 것을 바라보았다.

그리고, 그는 해가 다시 뜰 때까지 그 자리에 앉아 있었다.

5

돌멩이는 평소와 다를 바 없는 생활을 보내왔다.

어느 길에 앉아 있든 사람들이 오가는 것은 똑같기에, 그의 인생이 갑자기 확 바뀌지는 않았다.

그렇지만, 그는 친구가 생겼다.

돌멩이보다는 몸집이 조금 더 작은, 자갈이었다.

"안녕, 돌멩이!"

늘 그렇게 밝게 인사하는 자갈로 인해 돌멩이는 조금 더 밝게 살 수 있었다.

"있잖아, 돌멩이는 내가 만나 본 돌들 중에 가장 밝게 빛나는 돌이야. 그러니까, 기죽지 마!"

"고마워, 자갈. 늘 그렇게 말해 줘서."

"난 거짓말 못해! 진심이라고, 네가 빛나는 돌이라는 말은."

"거짓이라도 고마운걸, 뭐."

친구는 늘 함께했다.

서로가 힘들 때면 "힘들지. 괜찮아?"라고 물어볼 수 있는, 서로의 버팀목이 되어 주는 친구였다.

"너는 행동이 조금 굼뜬 것 같아."

"너는 언제나 행동이 좀, 격한 것 같아."

이런 말을 주고받을 수 있는 것도 서로가 친구여서였다.

돌멩이는 친구가 생겼고, 그가 힘들 때 위로해 줄 수 있는 존재가 생겼다.

그리고 그것은 자갈도 마찬가지일 것이다.

바람돌의 이야기

1

이 세상은 어딜 가나 바람이 존재한다.

그러므로, 바람이란 존재는 수만 수천 개일 것이다.

먼지바람, 이라는 존재는 그중에 하나였다.

그중에서도 가장 친분을 많이 쌓고 있는, 가장 유명한 바람이라는 게 좀 더 정확한 표현일 것이다.

먼지바람은 늘 친분을 유지해 왔다.

그러나, 그 친분은 모두 얄팍한 것뿐이었다.

서로에게 약점을 보여 주면, 그걸로 서로를 쥐고 흔들.

그렇게 서로를 그저 친분 있는 바람들로만 여기는 것이다, 친구가 아니라.

그중에서도 먼지바람이 친분이 많은 이유는, 그가 매우 밝고, 긍정적이었기 때문이다.

그건 그의 두 번째 얼굴이자 가면이었다.

그의 첫 번째 얼굴, 그의 진실은 의외로 우울하고 암울한 바람이었다.

그렇지만 그는 상대를 가려서 웃거나 웃지 않을 수 있었다. 그래서 그는 어떠한 바람으로 인해서 상처를 받아도, 자신에게 상처를 준 존재에게 아무 일도 없다는 듯이, 기억나지 않는다는 듯이, 자신은 상처받지 않았다는 듯이, 웃을 수 있는 바람이었다.

그는 보통 다른 바람들과 함께 있을 때면 가면을 쓰곤 했기에 주변에서 긍정적이라는 평가를 받을 수 있었다. 그것도 그가 꽤나 다른 바람들과 있는 것을 즐겼기에 가능한 일이었다.

하지만 그는 종종 구석에 앉아서 울곤 했다.

물론, 누군가가 다가오면 환하게 웃었다.

그래서 그는 누구보다 힘든 삶을 살아왔다.

2

그렇게 먼지바람은 힘들지만 꽤나 좋은 인생을 살아왔다.

새털바람을 만나기 전까지는 말이다.

새털바람은 먼지바람이 지금 웃는 것이 연기라는 것을 단번에 알아챘다.

그리고는 한심하다는 듯 한숨을 쉬며 말했다.

"너 정말 피곤하게 사는구나?"

먼지바람은 울컥했지만 반박은 할 수가 없었다.

왜냐하면 정말로 그는 피곤하게 살고 있었기 때문이다.

그래서 그는 눈에 눈물이 차는 것을 느꼈다.

"그렇게까지 피곤하게 사는 이유가 뭐니?"

"난 먼지바람이야."

"그래, 먼지바람아. 그렇게까지 피곤하게 사는 이유가 뭐니?"

"난 이게 편해."

"뭐, 그럴 수 있지. 그런 건 원래 다 다른 거니까! 난 새털바람이야."

"그래, 그렇구나."

먼지바람은 무슨 말을 해야 할지 알지 못했다.

그래서 아무 말도 하지 않았고, 그건 아마 새털바람도 같은 듯했다.

3

"와아, 내 앞에서는 안 웃더니! 남들 앞에서는 잘도 웃는구나!"

"다시 한번 말하지만, 저 바람들이랑은 친구라고."

"아니, 저 바람들과는 친분을 유지하는 거겠지! 아주 얄팍한 관계라니까?"

"아니, 난 이게 편하다고."

"그래! 너는 그게 편하겠지. 그리고 나도 다시 한번 말하는데, 넌 지금 전혀 편해 보이지 않아. 굳이 그런 불편한─이 부분에서 새털바람은 목소리를 더 크게 했다.─가면을 쓰는 이유가 뭐야?"

"첫째, 나는 다른 바람들에게 우울하고 음침한 바람으로 보이고 싶지 않아. 둘째, 나는 긍정적인 바람으로 보이는 걸 좋아해. 네 말대로 얄팍한 관계들도 좋아하고. 셋째! 내가 몇 번이나 말하지만 나는 이게 전혀 불편하지 않아!"

"그래, 뭐. 네가 그렇다면야…?"

새털바람이 어깨를 으쓱하며 말했다.

"내 말 좀 믿어, 제발."

먼지바람이 한숨을 내쉬며 말했다.

그러나 더 이상 그 얘기는 꺼내지 않았다.

왜냐하면 여기서 그가 얼마나 더 말해 보았자 새털바람은 절대로, 그의 이야기를 믿지 못할 것을 알았기 때문이다.

그렇기에 서로 적막만을 공유했다.

4

"진짜로, 그게 편해?"

"또 그 얘기니?"

먼지바람이 작은 한숨을 내쉬며 물었다.

"진짜 마지막으로 물어보는 거야. 이번엔 진지하다고."

"아니, 편하지 않아. 됐어? 그러니까 이제 묻는 건 그만해."

"맞아, 편할 리가 없지."

"내가 암울한 모습을 보여 준다면 아무도 내 주위에 머물려 하지 않을 거야! 내 주변엔 그런 얄팍한 관계조차도 하나도 남아 있지 않을 거라고!"

먼지바람은 폭발하듯 말했다.

"…먼지바람아."

"왜, 더 뭐라고 하고 싶은 게 있니?"

“난 네가 가면을 벗어도 네 곁에 있을 거야. 나는 네 친구잖아.”

“친구? 무슨 소리야, 네가 왜 내 친군데!”

먼지바람이 얼굴을 구기며 소리쳤다.

“글쎄, 너는 내 앞에서는 가면을 쓰지 않잖아. 난 그 정도로 우리가 친해졌다고 생각했는데.”

“앞으로 네 앞에서도 가면을 써 주길 바라는 거야?”

“그런다고 내가 눈치 못 챌 것 같아?”

“넌 진짜 짜증나는 애야, 알아?”

“물론, 잘 알고 있지.”

“…그리고 넌 짜증나게도 되게 자유로워 보여.”

“먼지바람아, 자유는 자기가 결정하는 거야. 네가 자유로워지고 싶다면, 자유로워져도 돼.”

“말만 쉽지, 그건.”

“그래도, 네 생각보다는 쉬울걸?”

새털바람이 슬며시 웃으며 말했고, 먼지바람은 한참을 고민하는 얼굴로 앉아 있었다.

5

"먼지바람아, 난 이제 떠나야 해."

먼지바람은 새털바람이 떠나지 않았으면 했다.

그래서 그렇게 말하려 했지만, 또다시 먼지바람은 가면을 쓰고 새털바람에게 말했다.

"그래, 잘 가."

"가면을 좋아하더라도, 가면이 될 필요는 없어."

"무슨 소리야, 그건."

"다른 바람들 앞에서는 가면을 쓰더라도, 진짜 너는 남겨 두라는 이야기."

"…그래, 잘 가."

"그럼, 안녕."

그렇게 말한 새털바람이 탑에서 빠져나갔다.

"그래, 잘 가. 새털바람아…."

더 이상 보이지 않는 새털바람이 있던 자리를 멍하니 바라보며 먼지바람이 중얼댔다.

누군가가 다가오는 소리가 들리자, 그는 감정을 다잡고 두 번째 얼굴인 가면을 썼다.

그는 웃었다.

그의 삶은 바뀌지 않았고, 바뀌지 않을 것이다.

그래도 그는, 가면과 자신을 구분할 줄 알게 될 것이고, 구석에서 우는 일은 없을 것이다.

그의 삶은 자유로워지지 않았지만, 더 이상 완벽히 속박되어 있지는 않았다.

구름들의 이야기

1

구름은 늘 하늘을 둥둥 떠다녔다.

그렇게 사는 게 자유롭다고 느끼는 구름들도 있었고, 그렇게 살면서도 자유를 느끼지 못하고 자유를 갈망하는 구름들도 있었다.

그중에 후자는, 결국 언젠가는 구름임을 포기하고 떠나게 되어 있었다.

뭉게구름은 그 전자와 후자를 적절히 섞은, 경계선에 걸쳐져 있었던 구름이었다.

구름들은 커다란 몸집에 물방울들을 안고 살았다.

천천히, 조그마한 구름이 방울들을 모으는데, 모으면 모을수록 구름의 몸집은 커진다. 하지만 모든 것엔 한계가 있어서, 결국엔 빗방울을 모두 떨어트려야 한다.

그런데, 그렇다면 구름은 사라진다.

정확히는 더 이상 존재하지 않게 된다. 사라지는 것이다.

뭉게구름은 언젠가 사라지는 것이 당연하다고 생각해서, 자신은 죽는 것을 담담하게 받아들일 수 있을 거라 생각했다.

어느 날 먹구름이 뭉게구름에게 말했다.

"너는 '사라지는 것'에 대해 어떻게 생각해?"

먹구름이 짐짓 화난 표정으로 말했지만, 말을 끝마치자마자 얼굴이 우울해졌다.

"나는 그게 당연한 거라고 생각해. 우리가 사라지지 않는다면 하늘은 존재하지 않을 거야."

뭉게구름이 갑자기 왜 그러냐는 말을 덧붙이며 말했다.

"아니! 그건 당연한 게 될 수 없어! 너는 그걸 모르는 거라고! 왜 우리가 없어져야 해?"

"당연한 거지…. 모든 생명은 결국 어, 사라지잖아."

먹구름이 화내자 뭉게구름이 조금 놀라며 말했다.

"아니! 아니야!"

먹구름이 뭉게구름의 팔을 꽉 쥐었다.

"넌 그걸 너무 당연히 생각하고 있어! 네 생각은 틀린 거야! 너는 그걸 인정할 필요가 있어!"

"…알았어, 내가 잘못했어."

뭉게구름이 머뭇거리며 말했다.

"근데 이거 조금 아픈데."

"그래! 미안해! 난 너에게 사과하고 있지! 넌 이걸 용서해야 해!"

"용서할게…."

"나도 잘못했지만! 너도 잘못한 게 있잖아!"

"알았어, 미안해…."

뭉게구름이 조금 겁에 질려 말했다.

그러자 먹구름이 질렸다는 듯 말했다.

"넌 너무 가볍게 생각해. 모든 걸 말야."

2

'모든 것은 지나갈 거야.' 뭉게구름은 생각했다.

'왜냐면 모든 것은 결국엔 사라지니까.' 뭉게구름은 다시 한번 생각했다.

'지금 이 순간은 방금 사라졌어. 그리고 나도 언젠간 사라질 거야. 지금의 감정도 사라질 거고. 모든 건 결국엔, 존재하지 않게 되겠지.'

그래서 나는 내가 사라지는 것도 당연하다 생각해. 뭉게구름은 마지막 생각을 입 밖으로 내뱉었지만, 뭉게구름의 주변에는 뭉게구름의 이야기를 들어 줄 그 어떠한 존재도 없었다.

뭉게구름은 지고 있는 해를 바라보았다. 그리고 생각했다.

'저 해도 생각을 하면서 사는 걸까, 나처럼. 그래도 저 해도 언젠간 없어지겠지, 아마도….'

모든 것은 지나갈 것이다.

우리가 살아 있는 이 순간도 지나갈 것이고, 행복한 순간도, 슬픈 순간도. 지금 이 순간은 방금 지나갔다.

우리는 눈을 감았다 뜨면 눈을 감기 전의 세상으로 돌아갈 수 없다. 뭉게구름은 그걸 알고 있었다.

그럼에도, 즐겁지 않은데도 즐거운 척해야 했다.

뭉게구름은 그렇게 빈 하늘을 멍하니 쳐다보고 있었다.

"미안해."

먹구름이 뭉게구름의 옆으로 다가와 가볍게 말했다.

"내가 심했지."

뭉게구름은 웃으며, 아무 일도 없었다는 듯 말했다.

"아니야, 괜찮은걸 뭘."

뭉게구름은 괜찮지 않았다.

"물어볼 게 있는데."

"물어봐도 돼."

"네가 보기에 나는 어떤 존재야?"

"멋진 존재지. 아름다운 구름이고."

뭉게구름은 뒷말은 삼켰다.

'네가 원하는 너를 묻는 거야, 남이 보는 너를 묻는 거야?' 뭉게구름은 전자를 선택했다.

뭉게구름은 표정을 감췄다.

그다지 기분이 좋지 않았다.

뭉게구름은 억지로 웃었다.

왜 웃었느냐고? 뭉게구름은 누군가가 영원히 자신 곁에 머물지는 않을 것을 알았기 때문이다. 그래도 오래오래 마주칠 일은 있겠지.

그래서 뭉게구름은 미래를 위한 말을 했다.

뭉게구름은 먹구름도 조금 있다 떠날 거니까, 라고 생각했다.

뭉게구름의 생각같이 먹구름은 조금 후에 떠났다. "고마워."라는 말을 남긴 채. 뭉게구름은 마지막까지 웃었다.

그리고 울었다.

3

뭉게구름은 생각했다.

'앞으로는 가볍게 살 거야. 그래서 누군가가 나를 싫어한대도, 그 구름도, 그 구름의 감정도 언젠가는 사라질 테니.'

그래서 뭉게구름은 먹구름의 말처럼, 조금 더 가볍게 살기로 했다.

뭉게구름은 자신의 뒤에서 발소리를 들었다.

"안녕, 뭉게구름아."

먹구름이 밝은 목소리로 인사했다.

"그래."

"넌 내가 반갑지 않니?"

"그다지 반갑지는 않은데."

"장난하지 마."

분위기가 좋지 않았다. 뭉게구름은 두려웠다.

"나, 나는 네가 날 친구로 보지 않는다는 걸 알, 알고 있어! 너는 내가 잘못한 걸 쥐고 흔들 거잖아! 그래도 나는 널 늘 기다렸어!"

"아니, 내가 널 기다려 준 거지."

먹구름이 얼굴을 구기며 말했다.

"난 언제나 너를 기다렸어. 내가 너보다 앞서 있을 때는 한 발짝 뒤로 물러서서 너와 같이 걸었지! 내가 가해자고 네가 피해자라 생각했어? 아니야! 우린- 모두- 가해자야-!"

"아니야!"

뭉게구름은 먹구름을 밀치며 소리쳤다.

"난, 난 네 말대로 가볍게 살 거야!"

"하! 그래, 너를 누가 신경 쓴다고!"

그렇게 말하며 먹구름과 뭉게구름은 서로 고개를 돌렸다. 둘의 눈에는 모두 물기가 어려 있었다.

4

먹구름은 자신이 더 대단한 일을 할 수 있는 존재라는 걸 알고 있었다. 그래도 자신의 친구인 뭉게구름을 위해 모든 걸 포기했다.

그랬는데, 얼마 전 뭉게구름이 먹구름에게 모든 건 사라진다는 말을 했다.

자신의 모든 노력을 수포로 만드는 듯한 그 말에, 먹구름은 그답지 않게 화를 내고 말았다.

"나, 나는 네가 날 친구로 보지 않는다는 걸 알, 알고 있어! 너는 내가 잘못한 걸 쥐고 흔들 거잖아! 그래도 나는 널 늘 기다렸어!"

'아니야, 그런 게 아니었어. 미안해.'

입에서는 전혀 다른 말이 튀어나왔다.

"아니, 내가 널 기다려 준 거지."

'아니야, 진심은 이게 아니잖아!'

"난 언제나 너를 기다렸어. 내가 너보다 앞서 있을 때는 한 발짝 뒤로 물러서서 너와 같이 걸었지! 내가 가해자고 네가 피해자라 생각했어? 아니야! 우린- 모두- 가해자야-!"

'이런 말을 하려는 게 아니었는데.'

"난, 난 네 말대로 가볍게 살 거야!"

"하! 그래, 너를 누가 신경 쓴다고!"

잘못 말했다.

직감적으로 깨달았다.

잘못했다고 말해야 하는데, 몸은 뜻대로 움직이지 않고 뭉게구름에게서 고개를 돌려 버렸다.

'…이제 어쩌지.'

친구를 잃어버렸어.

진짜, 어떻게 하지….

5

"미안해."

뭉게구름은 자신의 어깨너머로 먹구름의 사과소리를 들었다.

"한 번이 어렵지, 두 번은 어렵지 않다고 생각해. 너는 네 기분이 풀렸을 때야 사과했지. 난 네 사과를 못 믿겠어." 뭉게구름이 혼잣말하듯 작게 중얼댔다.

"그건 아니었어. 난 너를 위해 모든 걸 포기했어. 너랑 같이 걸어가고 싶었거든. 근데, 모든 건 사라진다는 말이 내 노력을 수포로 만드는 것 같았어." 먹구름이 차근차근 말했다.

"잠-깐, 그거 예전 일 아니야?"

뭉게구름이 물었다.

"말이 마음대로 나가질 않았어. 네가 거짓말하는 걸 알고 있었는데, 아는 척할 수가 없었어."

먹구름은 뭉게구름의 말이 들리지 않는 듯 말을 이었다.

"그래서, 미안하다는 말을 하러 온 거야?"

"정확히는 너랑 다시 친구가 되고 싶어서 왔어."

"그래, 너 같은 친구를 어디서 구하겠니."

"그럼, 내 사과 받아 주는 거야?"

"아니, 정확히는 나도 사과하려는 거지. 미안."

뭉게구름이 먹구름의 말을 장난스럽게 따라하다, 마지막 말에서 목소리 톤을 바꿨다.

"앞으론 안 그럴게."

"그건 내가 해야 할 말이지."

그 둘은 친구였고, 친구이며, 친구일 것이다.

웅덩이와 얼음의 이야기

1

웅덩이는 어느 날 창문과 가까이 있는 마당에 있던 돌이 빠져 나가며 생긴 깊게 파인 땅이었다. 처음엔 자신이 생겨났다는 것에 어색함을 느꼈다. 하지만 시간은 어색한 웅덩이를 기다려 줄 만큼 배려심 넘치진 않았다. 그렇게 시간은 흘렀다.

마냥 어리기만 하던 웅덩이는 시간이 흐르며 어른이 되었다. 집주인이 바뀌지도 않았고, 그 누구도 웅덩이를 그다지 신경 쓰지 않는 듯했다.

웅덩이는 가끔씩 거실에 크게 난 창을 보며 시간을 때웠다. 그곳에서는 사람들이 분주하게 움직이고, 한가하게 시간을 즐기고, 조급해하고, 느긋해하고, 때로는 그 누구도 없었다.

어느 날 깨끗하게 닦인 식탁 위에서 누군가가 웅덩이에게 말을 걸어왔다.

"안녕하세요!"

"그래, 안녕."

웅덩이는 자신보다는 한참 어려 보이는 얼음의 모습에 가볍게 말했다.

"저기, 혹시 지금 행복한가요?"

"글쎄, 나는 꽤 오래 살았지만 그다지 행복한지는 모르겠단다."

"그래요? 나는 지금 행복해요."

"얼음아,—네 이름이 얼음이 맞니? 웅덩이가 물었고 그래요, 내 이름은 얼음이에요! 얼음이 대답했다.—나는 지금 네가 느끼는 이 행복은 잠깐뿐일 거라는 것을 안단다."

"당신은, 행복을 느껴 본 적이 있나요?"

"그럼, 당연-"

웅덩이는 쉽게 그렇다고 대답하기는 어려웠다.

내가 행복한 적이 있었던가?

"저기. 웅덩이 씨, 저는 아마 조금 후에 녹아내릴 거예요. 그래도 있죠, 저는 지금 행복해요. 당신이랑 이야기를 할 수도 있죠. 그래서 저는 행복해요. 그리고 저는… 녹아내린 후 자유를 찾게 되겠죠. 그래서 저는 행복해요."

2

 이제 책의 후반에 다다랐을 때, 이 책을 보는 독자에게 묻고 싶다. 당신은 행복을 모르는, 오래 살 어른으로 살고 싶은가, 아니면 곧 죽을 테지만, 행복을 느낄 수 있는 아이로 살고 싶은가. 그렇다면 나는 아이로 살고 싶다. 행복을 느끼지 못한다면, 오래 지속되는 삶조차 지루하게 느껴질 뿐일 것이다.

 어른은 웅덩이였고, 아이는 얼음이었다.

 "난 너처럼 살고 싶어. 난 더 이상 행복을 느끼지 못하거든."

 "왜 못 느낀다고 생각하는 거예요?"

 "이봐, 얼음아. 나는 '행복'이라는 게 무엇인지 잊어버렸거든."

 "그래요, 하지만 감정을 잊을 수는 없죠. 당신은 그것을 영원히 잊을 수 없을 거예요. 결국 모든 것은 '완전히' 잊을 수는 없는 거예요. 당신은 그것을 기억하는 법을 잠깐, 아주 잠깐 동안

잊은 거죠."

"나는 '잠깐'이라고 할 수 없을 만큼 오랫동안 그래 왔단다."

"당신보다 오래 산 것들도 많아요. 당신은 자신이 어른이라고 생각하겠죠. 하지만, 어른의 기준은 무엇인가요?"

얼음이 또박또박 이야기했다.

"저는요, 행복을 느끼지 못하는 어른보다는 행복한 아이가 나을 거라 생각해요. 당신이 행복을 잊었다면, 당신은 아이라고도, 어른이라고도 할 수 없는 존재가 되는 거예요."

"얼음아, 그건 아니란다. 물론 네 말처럼 어른의 기준은 애매하단다. 하지만, 행복을 느끼지 못한다고 어른이 아닌 건 아니란다. 그래, 우리는 그 누구도 어른이 될 수 없단다, 네 기준을 따르면. 그래서 우리는 나이를 기준치로 삼았단다. 하지만, 네 말에도 맞는 점은 꽤나 있는 듯하구나."

둘은 서로의 의견을 하나하나 이야기했다.

"제가 더 어른다워요."

"오, 왜 그렇게 생각하니?"

"당신은 지금 이 상황에서 즐거움을 느끼지 못하니까요."

"그래, 맞는 말이구나."

웅덩이가 대답했다. 그저 아이라고 해서 봐주는 말투가 아니었고, 실제로 그런 것도 아니었다. 웅덩이 스스로도 자신이 어른답지 않다고 생각했기 때문이었다.

3

"저기, 저 말이죠."

"그래, 무슨 일이니?"

"벌써 많이 녹아내린 것 같아요, 제 몸집이 조금 작아진 것 같은데, 아닌가요?"

"음, 정말 꽤나 작아졌어."

"제가 다 녹으면 하늘로 가겠죠. 혹시 제가 녹아서도 말을 할 수 있을까요?"

"글쎄, 나는 잘 모르지만, 말을 할 수 있으면 좋겠다."

서로 그렇게 영양가 있지 않은 말들을 주고받은 웅덩이와 얼음은, 더 이상 어떤 말을 해야 할지 알지 못했다.

그렇게 있은 지 얼마 되지도 않았는데, 얼음은 녹아내렸다.

"잠시만, 얼음?"

"그래요, 난 녹았어요. 이거 기분이 굉장히, 뭐랄까. 이상하네요."

"네가 증발하면 어떻게 되는 거니?"

"글쎄요. 저는 아마 비나 눈이 되어 내리거나…. 아주 작은 확률로 돌고 돌아 다시 이 집의 얼음이 될 수도 있겠죠."

"그래, 그렇구나."

웅덩이가 쓸쓸하게 말했다.

"웅덩이 씨, 해가 지고 있네요. 착한 아이와 어른들은 이만 잠에 들 시간이죠."

"그래, 그러자."

웅덩이는 눈을 붙였다. 그리고는 아침에 눈을 떠 쨍한 햇빛을 바라보았다.

웅덩이는 창 안을 바라보았다.

얼음은 없었다.

그저 조금의 물기만 남아 있을 뿐이었다.

4

웅덩이는 기분이 이상했다.

어른으로 살면서 단 한 번도 겪어 보지 못한 감정이었다.

그럼 이제 누구와 이야기를 해야 하지?

진정해, 원래 없던 거잖아. 원래도 누군가와 이야기를 할 수 없었잖아.

그 사실을 알고 있었음에도 웅덩이는 서글퍼졌다.

잠을 자고 있는 집주인 부부와 아이들의 일정하고 고른 숨소리가 들려왔다.

웅덩이는 슬펐다는 것이 무색하게도 금방 잠들고 말았다.

웅덩이의 주변에는 이제, 다시 시작점처럼 아무런 존재도 남아 있지 않았다.

웅덩이는 또다시 혼자 고립되어 있었다.

웅덩이는 집주인 부부가 자신을 고르게 퍼서 자신이 사라지는 그 순간까지도, 그때까지도 얼음을 기억했다.

친구라기에도, 보호자라기에도 애매한 관계였지만, 그래도 그 둘은 충분히 서로의 버팀목이었을 것이다. 그리고 언제까지나 서로의 기억에 그 둘은 남아 있을 것이다.

작은먼지

ⓒ 유하린, 2021

초판 1쇄 발행 2021년 11월 19일

지은이   유하린
펴낸이   이기봉
편집   좋은땅 편집팀
펴낸곳   도서출판 좋은땅
주소   서울특별시 마포구 양화로12길 26 지월드빌딩 (서교동 395-7)
전화   02)374-8616~7
팩스   02)374-8614
이메일   gworldbook@naver.com
홈페이지   www.g-world.co.kr

ISBN   979-11-388-0392-2 (43810)